Na verdade, CHAPEUZINHO VERMELHO ESTAVA ESTRAGADA!

A história de CHAPEUZINHO VERMELHO narrada pelo LOBO

Trisha Speed Shaskan • Gerald Guerlais

Ciranda Cultural

Agradecimentos especiais ao nosso consultor, Terry Flaherty, PhD e Professor de Inglês da Universidade Estadual de Minnesota (EUA) por seus conhecimentos avançados.

Crunch! Crunch! Oh, desculpe. Eu estava terminando meu almoço. Meu nome é Lobo, Lobo Mau. Você já deve ter ouvido falar na história de Chapeuzinho Vermelho. Aquela, de uma menina e sua vovozinha. Acho que todos conhecem. Mas a minha aversão é diferente. Eu disse *aversão*? Na verdade eu quis dizer versão.

Era uma vez uma época em que eu estava sem comida. Completamente. O armário estava vazio. A geladeira também. E eu já tinha comido todas as frutas e verduras do jardim. **Todas.**

Outros lobos poderiam ter comido pequenos bichos da floresta: preás, coelhos, esquilos. Mas eu sou vegetariano. É isso mesmo, eu não como carne. Bem, pelo menos eu tento. Eu **ADORO** maçãs. Gala, fuji, verde... Todas as qualidades. Mas, infelizmente, ainda iria demorar bastante para chegar a época de colher maçãs.

Fazia semanas que eu não comia. Minha barriga não parava de roncar. Ela gemia e rangia. Até rugia. Então meu nariz se manifestou.

Snif. Snif. Senti um cheiro. O que era aquilo?

Uma garotinha. *Aqui* na floresta? Eu tinha de investigar.

Lá estava ela: Chapeuzinho Vermelho. Ela parecia rechonchuda e suculenta como uma grande e doce **MAÇÃ.**

Chapeuzinho Vermelho balançou sua capa.
– Não é linda? – ela perguntou.

– Sim – eu disse.

– Eu não estou linda? – a menina perguntou de novo.

Será que ela estava se admirando naquela poça de água?

— Com esta capa, fico mais linda do que o normal — concluiu Chapeuzinho.

Affff, alguém ali estava se achando demais. Meu estômago começou a roncar.

Chapeuzinho Vermelho enrolou uma mecha de cabelo no dedo.
– A mamãe diz que a capa cai bem em mim. Com ela, minha pele brilha como uma pérola.

"Ou como a polpa de uma maçã madura" – pensei, lambendo os lábios.

Lembre-se, eu não comia havia semanas.
Hora de mastigar!

Então Chapeuzinho Vermelho disse:
— Mal posso esperar para a vovó ver como estou linda hoje. Estou levando para ela bolo e manteiga que a minha mãe preparou.

Meu estômago uivou. DUAS refeições, eu pensei: "A vovozinha para o café da manhã e Chapeuzinho Vermelho para o almoço (além de bolo e manteiga de sobremesa)".

— Onde a vovozinha mora? – perguntei.

Chapeuzinho Vermelho apontou e disse:

— Por ali, na clareira. É a casa marrom.

Eu sabia onde ficava aquela casa. E eu tinha um plano.

— Vamos jogar um jogo — eu disse.

Chapeuzinho Vermelho sorriu.

— Eu sou ótima com jogos.

— Aposto que sim. Você vai por aqui e eu vou por ali. Vamos ver quem chega primeiro à casa da vovozinha — eu disse.

— Eu vou ganhar — ela falou. — Sou a mais linda e a mais rápida.

— Aposto que sim — concordei.

Snif. Snif. Senti um cheiro. O que era aquilo?

Desodorizador de ambientes com fragrância de maçã?

Toc-toc. Bati na porta.

— Quem é? — disse uma voz.

— Sua netinha — falei com uma voz fina. — Vim lhe trazer o bolo e a manteiga que a mamãe preparou.

— A porta está aberta — respondeu a vovó.

A vovozinha colocou seu gorro de dormir.
– Verde – ela disse. – Não é lindo?

"Lindo como uma maçã verde" – pensei.

– Eu não estou linda? – perguntou a vovozinha.

Chapeuzinho Vermelho havia puxado sua avó até nisso.

Toc-toc. Chapeuzinho Vermelho bateu na porta.

— Quem é? — perguntei, deitando na cama da vovozinha.

— Sua netinha — disse Chapeuzinho Vermelho. — Vim lhe trazer o bolo e a manteiga que a mamãe preparou.

— A porta está aberta — falei.

Chapeuzinho Vermelho entrou e se viu no espelho.
— Minha capa não é linda, vovó? — ela perguntou.
— Eu não estou linda?

Eu cerrei os dentes.

– **Vovozinha,** que olhos profundos e escuros eu tenho – disse Chapeuzinho Vermelho.

– **Uhum** – respondi.
– Da cor de sementes de maçã.

– **Vovozinha,** que orelhas perfeitas eu tenho – ela disse.

– **Uhum** – concordei.
– Do formato de fatias de maçã bem cortadas.

– **Vovozinha,** que lindos lábios vermelhos eu tenho – continuou ela.

– **Uhum** – eu disse. – Como maçãs vermelhinhas.

– **Vovozinha,** que pele macia eu tenho – prosseguiu Chapeuzinho.

Crunch! Crunch!

Eu a devorei. O que vou dizer? As coisas ficam diferentes quando você está com fome. Ela não era uma maçã fuji ou gala (para falar a verdade, ela estava um pouco estragada), mas era melhor que nada.

Além do mais, ganhei até sobremesa.

Para Pensar

Leia uma versão clássica de *Chapeuzinho Vermelho*. Agora compare com a versão do Lobo Mau. Faça uma lista de algumas coisas que acontecem na versão clássica e não acontecem na versão do lobo. Quais são as diferenças entre as duas histórias?

Se fosse a época de colheita das maçãs, você acha que o lobo teria devorado Chapeuzinho Vermelho e a avó dela? Por quê?

A versão clássica de *Chapeuzinho Vermelho* é contada a partir do ponto de vista de um narrador onisciente, que conhece até os pensamentos dos personagens. Mas a história do lobo é narrada do ponto de vista dele. Qual dos dois você acha mais confiável?

Como seriam outros contos de fadas se fossem contados a partir de outro ponto de vista? Por exemplo, como seria a história de Cinderela se uma de suas irmãs a contasse? E se o Pequeno Urso de *Cachinhos Dourados e os Três Ursos* contasse aquela história? Escreva a sua própria versão de um conto de fadas clássico a partir de um novo ponto de vista.

Glossário

narrador – entidade que conta uma história sobre ela ou outras pessoas
personagem – pessoa, animal ou criatura que participa de uma história
ponto de vista – relato de algo a partir da observação de um assunto; como o narrador se situa no contexto da história que conta
versão – relato de algo a partir do ponto de vista de quem narra a história

Dados Internacionais de Catalogação na Publicação (CIP) de acordo com ISBD

S532n Shaskan, Trisha Speed

Na verdade, Chapeuzinho Vermelho estava estragada! - A história da Chapeuzinho Vermelho narrada pelo lobo / Trisha Speed Shaskan; traduzipo por Fabio Teixeira; ilustrado por Gerald Guerlais. - Jandira, SP : Ciranda Cultural, 2021.
24 p. : il.; 19,80cm x 25,40cm. (Clássicos recontados).

ISBN: 978-85-380-4615-8

1. Literatura infantojuvenil. 2. Diversão. 3. Contos clássicos. 4. Leitura. 5. Aventura. I. Teixeira, Fabio. II. Guerlais, Gerald. III. Título. IV. Série.

2021-0383

CDD 028.5
CDU 82-93

Elaborado por Lucio Feitosa - CRB-8/8803

Índice para catálogo sistemático:
1. Literatura infantil 028.5
2. Literatura infantil 82-93

෴

© 2012 Picture Window Books, uma marca Capstone
Editor: Jill Kalz
Designer: Lori Bye
Diretor de Arte: Nathan Gassman
Especialista de Produção: Sarah Bennett
As ilustrações deste livro foram criadas em formato digital.

© 2014 desta edição:
Ciranda Cultural Editora e Distribuidora Ltda.
Tradução: Fabio Teixeira

1ª Edição em 2014
4ª Impressão em 2021
www.cirandacultural.com.br
Todos os direitos reservados. Nenhuma parte desta publicação pode ser reproduzida, arquivada em sistema de busca ou transmitida por qualquer meio, seja ele eletrônico, fotocópia, gravação ou outros, sem prévia autorização do detentor dos direitos, e não pode circular encadernada ou encapada de maneira distinta daquela em que foi publicada, ou sem que as mesmas condições sejam impostas aos compradores subsequentes.